U0115887

魔法少女小娜（2）

神奇的手環──探險的開始

文／圖　Kisana

小桃非常好奇他們是誰。

小桃看了很久，
看到都張大了嘴巴。

手環真的好神奇！
太陽上的神竟然出現了！

所有小娜都有了手環！
太陽神也都進入了手環中！

忽然！小娜都變成魔法少女了！

小綠想去看看小時候的媽媽奇蒂娜。

小娜的家人們都看不見她們⋯⋯

小娜們開始去探索房子。

小奇蒂娜的房間。

小娜外婆的房間。

小娜外公的房間。

小娜們決定到處跑跑！

小娜的外婆正在說故事，
所以小娜們也跑了過去。

作者簡介

作者 Kisana，本名于湄璇，畢業於真理大學台灣文學系。為了讓人也能看見那樣的美夢，成為了繪本作家，不僅是想完成夢想，也是希望能帶給人們快樂，和啟發孩童的想像力。

少年文學家叢刊 A1307B002

魔法少女小娜（2）神奇的手環——探險的開始

作　者　Kisana

責任編輯　于湄璇

發 行 人　林慶彰

總 經 理　梁錦興

總 編 輯　張晏瑞

編 輯 所　萬卷樓圖書股份有限公司

臺北市羅斯福路二段 41 號 6 樓之 3

電話 (02)23216565

傳真 (02)23218698

出　　版　萬卷樓圖書股份有限公司

臺北市羅斯福路二段 41 號 6 樓之 3

電話 (02)23216565

發　　行　萬卷樓圖書股份有限公司

臺北市羅斯福路二段 41 號 6 樓之 3

電話 (02)23216565

傳真 (02)23218698

電郵 SERVICE@WANJUAN.COM.TW

ISBN 978-626-386-016-2

2023 年 12 月初版　三刷

定價：新臺幣 880 元

如何購買本書：

1. 劃撥購書，請透過以下郵政劃撥帳號：

帳號：15624015

戶名：萬卷樓圖書股份有限公司

2. 轉帳購書，請透過以下帳戶

合作金庫銀行　古亭分行

戶名：萬卷樓圖書股份有限公司

帳號：0877717092596

3. 網路購書，請透過萬卷樓網站

網址 WWW.WANJUAN.COM.TW

大量購書，請直接聯繫我們，將有專人為您服務。客服：(02)23216565 分機 610

如有缺頁、破損或裝訂錯誤，請寄回更換

國家圖書館出版品預行編目資料

魔法少女小娜. 2：神奇的手環 探險的開始 / Kisana 文.圖. -- 初版.

-- 臺北市：萬卷樓圖書股份有限公司，2023.12

面 ；　公分. --（少年文學家叢刊 ；A1307B002）

ISBN 978-626-386-016-2(精裝)

863.599　　　　　　　　　　　　　　　　112019245